Emilia Pardo Bazán

Cuentos de la patria

Barcelona **2024**
Linkgua-ediciones.com

Créditos

Título original: Cuentos de la patria.

© 2024, Red ediciones S.L.

e-mail: info@linkgua.com

Diseño de cubierta: Michel Mallard.

ISBN rústica: 978-84-9953-814-3.
ISBN ebook: 978-84-9007-744-3.

Sumario

Brevísima presentación

La vida

Emilia Pardo Bazán (1851-1921). España.

Nació el 16 de septiembre en A Coruña. Hija de los condes de Pardo Bazán, título que heredó en 1890. En su adolescencia escribió algunos versos y los publicó en el *Almanaque de Soto Freire*.

En 1868 contrajo matrimonio con José Quiroga, vivió en Madrid y viajó por Francia, Italia, Suiza, Inglaterra y Austria; sus experiencias e impresiones quedaron reflejadas en libros como *Al pie de la torre Eiffel* (1889), *Por Francia y por Alemania* (1889) o *Por la Europa católica* (1905).

En 1876 Emilia editó su primer libro, *Estudio crítico de Feijoo*, y una colección de poemas, *Jaime*, con motivo del nacimiento de su primer hijo. *Pascual López*, su primera novela, se publicó en 1879 y en 1881 apareció *Viaje de novios*, la primera novela naturalista española. Entre 1831 y 1893 editó la revista *Nuevo Teatro Crítico* y en 1896 conoció a Émile Zola, Alphonse Daudet y los hermanos Goncourt. Además tuvo una importante actividad política como consejera de Instrucción Pública y activista feminista.

Desde 1916 hasta su muerte el 12 de mayo de 1921, fue profesora de Literaturas románicas en la Universidad de Madrid.

Vengadora

En aquellos días de angustia y zozobra, surcados por relámpagos de entusiasmo a los cuales seguía el negro horror de las tinieblas y la fatídica visión del desastre inmenso; en aquellos días que, a pesar de su lenta sucesión, parecían apocalípticos, hube de emprender un viaje a Andalucía, adonde me llamaban asuntos de interés. Al bajarme en una estación para almorzar, oí en el comedor de la fonda, a mis espaldas, gárrulo alboroto. Me volví, y ante una de las mesitas sin mantel en que se sirven desayunos, vi de pie a una mujer a quien insultaban dos o tres mozalbetes, mientras el camarero, servilleta al hombro, reía a carcajadas. Al punto comprendí: el marcado tipo extranjero de la viajera me lo explicó todo. Y sin darme cuenta de lo que hacía, corrí a situarme al lado de la insultada, y grité resuelto:

—¿Qué tienen ustedes que decir a esta señora? Porque a mí pueden dirigirse.

Dos se retiraron, tartamudeando; otro, colérico, me replicó:

—Mejor haría usted, ¡barajas!, en defender a su país que a los espías que andan por él sacando dibujos y tomando notas.

Mi actitud, mi semblante, debían de ser imponentes cuando me lancé sobre el que así me increpaba. La indignación duplicó mis fuerzas, y a bofetones le arrollé hasta el extremo del comedor. No me formo idea exacta de lo que sucedió después; recuerdo que nos separaron, que la campana del tren sonó apremiante avisando la salida, que corrí para no quedarme en tierra, y que ya en el andén divisé a la viajera entre un compacto grupo que me pareció hostil; que me entré por él a codazos, que le ofrecí el brazo y la ayudé para que subiese a mi departamento; que ya el tren oscilaba, y que al arrancar con brío escuché dos o tres silbidos, procedentes del grupo...

Solo entonces acudió la reflexión: pero no me arrepentí de mis arrestos, y únicamente me pregunté por qué había metido en mi departamento a la viajera causa del conflicto. ¿Para protegerla mejor quizás?... ¿Quizás para hablar con ella a mis anchas y esclarecer mis dudas, averiguando si, en efecto, era una traidora enemiga? Lo primero que hice fue examinarla despacio, mientras ella se acomodaba y colocaba su raído saquillo en la red. Anglosajona, saltaba a la vista: la marca étnica no podía desmentirse. Carecía de belleza: sus facciones sin frescura, sus ojos amarillentos, su cuerpo desgarbado, su talle plano, le quitaban toda gracia perturbadora. Y para que me sedujese menos, bastó el movimiento que hizo al volverse hacia mí y tenderme virilmente una mano huesuda y rojiza, que estrechó la mía, sacudiéndola. Con voz, eso sí, muy timbrada y dulce, la extranjera pronunció:

—Gracias, señor; mil gracias.

Confuso, disculpé mi rasgo:

—Yo no podía consentir aquella barbaridad. De seguro que usted no es-pía, señora; acaso ni es usted americana siquiera. Inglesa, ¿verdad?

—¡Ah! No, señor. Soy, en efecto, yanqui.

Y al notar que me estremecía, añadió, alzando el brazo y cogiendo su saquillo:

—Pero no soy espía. Vea mi álbum y mis dibujos.

Hojeé el álbum. Estaba atestado de apuntes arquitectónicos y croquis de tipos pintorescos: una ventana florida, una reja salomónica, un borriquillo, un paleto...

—¿Es usted artista?

—Muy poco...; mera afición... Por mi oficio: soy «tipógrafo». Trabajo..., es decir, trabajaba, en una imprenta de Boston. Ahora no sé qué haré.

Mi curiosidad se inflamó. Adiviné un misterio, y me prometí aclararlo. La voz de mi protegida tenía tan blandas inflexiones, sus pupilas estaban tan húmedas de gratitud al encontrarse con las mías, que pensé: «Por un momento eres dueño de esta mujer. Aprovecha este instante y sorprende su alma, desdeñando el barro que la envuelve; es más gloriosa siempre una conquista del espíritu.» Con diplomacia suma, murmuré, inclinándome:

—No. Temo que crea usted que quiero cobrarme de tan insignificante servicio como el que tuve la suerte de prestarle...

La extranjera calló; pero un tinte rosado, vivo, fluido, se esparció por su marchito rostro, embelleciéndolo... Era un arrebol de alegría, de ilusión, de agradecimiento pasional ante frases de galante respeto, que acaso por vez primera resonaban en sus oídos. La vi llevarse la mano al corazón, y, fingiéndome distraído, noté que me miraba de un modo expresivo, afanoso. La voz de plata se elevó conmovida:

—Pues prefiero contarle lo que me pasa, si no le molesta... Tal vez, después de oírme, ya no me tendrá nunca por una espía.

Solícito, y demostrando rendimiento, me acerqué, no sin arrojar antes el cigarro que acababa de encender en aquel instante.

—No soy espía —declaró ella lentamente—, y no puedo serlo porque detesto el sentimiento patriótico, opuesto a la fraternidad universal. La guerra entre naciones... la repruebo. ¡Los pobres, luchando y muriendo...; los poderosos, recogiendo el honor y el fruto!... Sin embargo, señor..., a esa gente que me insultaba la perdono; comprendo su ceguedad; casi admiro su furia... ¿Qué pensarían si supiesen...?

Aquí se detuvo, y apoyando uno de sus dedos huesudos sobre los labios, me recomendó discreción acerca de lo que iba a revelar.

—Si supiesen... que vengo trayendo un ramo de oliva al través del Atlántico..., a proponer la alianza de los oprimidos y los miserables de allá a los de aquí. Mi conocimiento del español, debido a que pasé años de mi niñez en México, hizo que me escogiesen para esta misión... He explorado el terreno en las comarcas obreras y mineras...

Después de breve pausa:

—Va usted a oír una cosa rara... En España casi he perdido la fe, «mi fe»... No veo la urgencia de ciertas medidas que «allá» aplicaremos inmediatamente, antes que crezca el monstruo del militarismo y la fuerza nos subyugue. Aquí no existen esas horribles desigualdades, esas colosales desproporciones entre la suerte de los hombres. Aquí no noto la tiranía del dinero ni la insensatez del gastar y del gozar, basada en la brutalidad ciega del millón de millones. Aquí no hay Cresos que, como nuestro Rockefeller..., ¿no sabe usted?, el rey del petróleo..., o Astor, el rey de las minas..., sudan oro y se burlan de Dios... En nuestro país domina la abominación de la riqueza..., se alza el ídolo de metal..., y allí, y no aquí, es donde la justicia debe hacer su oficio... ¡Y justicia haremos! ¡Se lo prometo a usted! ¡Y pronto! ¡Ah! ¡España! Yo la adoro... Es muy pobre, muy noble, muy simpática, muy sencilla... ¡Nada contra España! Este será mi consejo, señor... Aquí no he encontrado la miseria negra... No siento impulsos de destruir..., ¡y soy feliz, tan feliz! ¡Si usted supiese...!

Irradiaban las pupilas de la sectaria, y su pecho liso y sin morbidez anhelaba, palpitaba de entusiasmo. Comprendí el error que había hecho confundir a la fanática de la Humanidad con la fanática del patriotismo; a la «insatisfecha» con la espía. Entre tanto, el tren avanzaba, tragando estaciones, y caía voluptuosamente la bella tarde de mayo; olor de hierbas y matas florecidas entraba por la ventanilla abierta, y ya la Luna, dibujando sobre el verde vino y el oro amortiguado del cielo su ligera segur de plata, añadía un toque poético a la deliciosa paz de la Naturaleza, indiferente a nuestras agitaciones y nuestras luchas, a los grandes dolores colectivos o individuales... Mi compañera había enmudecido, y vuelta, contemplaba el paisaje: nos acercábamos al cruce; casi nos deteníamos... Ella se encaró conmigo, y exaltada, en pie ya para bajarse, repitió:

—¡España! ¡Qué hermosa! ¡Vivir aquí..., vivir aquí!

En rápido e imprevisto arranque, sentí su cara pegada a la mía, el calor de sus mejillas halagando mi sien... Después empujó la portezuela, y al saltar al andén, siempre muy agarrada a su raído saquillo, todavía me gritó con la solemnidad de misteriosa promesa y el ceño fruncido por sombría amenaza:

—¡Adiós!... ¡Vuelvo allá..., vuelvo a mi tierra!

Blanco y Negro, núm. 370, 1898.

El Catecismo

Hasta las diez duraba la velada de familia, y Angelito regateaba siempre cinco minutos o un cuarto de hora, refractario a acostarse, como todos los niños en la edad de seis a siete años, cuando empieza a alborear la razón. Mientras Rosario, la madre, cosía sin prisa, levantando de tiempo en tiempo su cabeza bien peinada, su cara sonriente, que la maternidad había redondeado y dulcificado, por decirlo así. Carlos, el padre, daba lección al muchacho. «Si había de perder el tiempo en el café...», solía responder, como excusándose, cuando los amigos, en la calle le embromaban, soltándole a quema ropa: «Ya sabemos que te dedicas a maestro de primeras letras...»

La verdad era que Carlos se había acostumbrado a la lección, a la intimidad dulce de las noches pasadas así, entre la mujer enamorada y contenta y el niño precoz, inteligente, deseoso de aprender. Fuera, la lluvia caía tenaz; el viento silbaba o la helada endurecía las losas de la calle; dentro, la lámpara alumbraba cariñosa al través de los rancios encajes de la pantalla; la chimenea ardía mansamente y la atmósfera regalada y tranquila del gabinete se comunicaba a la alcoba contigua, nido de paz y de ternura, tan diferente de las sombrías y hediondas madrigueras donde solían agazaparse los amigotes de Carlos, los mismos que se creían unos calaverones y se burlaban solapadamente del padre profesor de su hijo.

Aquella noche, Angelito estaba rebelde, distraído, desatento a la enseñanza. Al leer se había comido la mitad de las palabras y, obligado a volver atrás y repetir lo saltado, su vocecilla adquirió esos tonos irritados y chillones que delatan la cólera pueril. Al escribir hizo la trompeta con el hociquito, engarrotó el portaplumas, echó más de una docena de «calamares» en el papel y, por último, estrelló la pluma en un movimiento precipitado, y la tinta saltó hasta la blanca labor de la madre, que exhaló un grito de sorpresa y enojo. Carlos miró a su mujer, y meneó la cabeza y se tocó la frente, como significando: «No sé qué le pasa hoy a esta criatura.» Y Rosario, levantándose, cogió al rapaz en el regazo y le dirigió las inquietas interrogaciones maternales:

—¿Qué tienes, vida? ¿Te duele algo? ¿Es sueño? ¿Es pupa aquí, aquí?

Y le acariciaba las mejillas y las sienes, tentando por si sorprendía el fuego de la calentura. ¡Enferma tan pronto un niño!

No encontrando calor ni ningún síntoma alarmante, Rosario engrosó y endureció la voz.

—Vas a ser bueno... Ya sabes que no me gustan los nenes caprichosos... El pobre papá se pondrá malito si le haces rabiar; después tienes tú que cuidarle a él y que llevarle las medicinas a la cama... Vamos, Ángel, a concluir las lecciones; aún te falta por dar el Catecismo...

Ángel, sin responder, miraba fijamente a un rincón oscuro del cuarto. La contracción de su carita, la inmovilidad de sus ojos, de un azul fluido y transparente, delataban una de esas luchas con ideas superiores a la edad, que devastan y maduran a la vez el tierno cerebro de los niños.

—Mamá —respondió, por fin, muy despacio, como si hablase en sueños—, ¿y el tío Alejandro no viene nunca?

La madre se estremeció. El recuerdo del hermano que estaba en la guerra con su regimiento le asaltaba también a Rosario muchas veces en medio de su ventura doméstica, y se le envenenaba con el temor de que a la misma hora en que ella descansaba entre limpias sábanas, cerca de unos brazos amantes, pudiese Alejandro yacer cara al Sol, con el pecho taladrado y las pupilas vidriadas para siempre.

—¿No viene nunca tío Alejandro, mamá? —repitió el chico con ese acento infantil que anuncia llanto.

—Vendrá si Dios quiere, hijo mío —respondió la madre con rota voz, apretando contra el seno a la criatura.

—¿Cuándo vendrá? Papá, ¿cuándo? ¿Vendrá esta semana, di?

—No sé, querido —exclamó el padre—. A ver: la cartilla, que es tarde, muñeco.

—Pero ¿cuándo, papá? ¿Por qué no lo sabes tú?

—Porque hasta que se acabe la guerra, mi cielo..., hasta que se acabe, tío Alejandro no puede venir.

Los ojos de turquesa del niño se oscurecieron a fuerza de concentración y de ímprobo trabajo para entender.

—¿Cómo es la guerra? —exclamó, por último.

—Pelear unos contra otros, a ver quién gana.

—¿Los buenos con los malos, papá?

—Sí; los buenos con los malos.

—Tío Alejandro es bueno —declaró Ángel—. ¿Y cómo pelean?

—Con fusiles, con espadas, con cañones.

El niño batió palmas.

—Me has de llevar, papá. Me has de llevar.

—¡Pobretín! —suspiró Carlos—. La guerra no es para chiquillos.

—¿Es para hombres grandes?

—Sí.

—Y entonces, ¿por qué no estás tú en la guerra? Tú eres grande, grande.

—Porque no soy militar —dijo el padre contrariado, algo mortificado, (como si aquellas palabras no las hubiese articulado una lengua de seis años), y hablando para convencer—. Tío Alejandro es militar; ya sabes que vino a enseñarte el uniforme. Los militares estudian para eso, para defender a la patria...

—La patria... —repitió el niño, impresionado por el tono enfático y grave con que Carlos pronunció la palabra—. La patria..., ¿es aquí?

—Aquí..., ¿dónde?

—En nuestra casita.

—No...; es decir, sí... Nuestra casa está en la patria; pero la patria es mucho más...: son todas las casas que ves en el pueblo y en otros pueblos, tantos, tantos. Y es, además, la tierra, y los bosques, y las aldeas, y Madrid, y todo...

—¿Y las iglesias también? —murmuró Ángel, con el tono con que decía sus oraciones al acostarse.

—También.

—¿Y la Virgen? ¿Mamá del Cielo?

—También la Virgen; sí, mamá del Cielo es la Patria.

—¿Y tío Alejandro quiere a la Patria?

—Ya ves —interrumpió Rosario, sin ocultar la emoción que empañaba sus ojos—. El pobre tío la quiere mucho. Como que se expone a que le den un tiro y a morirse así, de pronto, figúrate tú. Reza, hijo mío, reza para que no maten al tío.

El niño calló, reflexionando laboriosa, casi dolorosamente.

—¿Y los que no van a la guerra no mueren nunca? —preguntó al fin, siguiendo el hilo de temprana lógica.

—También mueren.

—Entonces quiero ir a la guerra cuando sea grande —declaró con energía el pequeñuelo—. Y quiero que tú vayas, papá. Al fin hemos de morir, ¿no? Pues morir por eso..., por eso... Por mamá del Cielo, ¡por la patria!

Un silencio siguió a las palabras del niño. Los padres se miraban, mudos, penetrados de un respeto extraño como si la voz del inocente viniese de otras regiones de más arriba. Y al cabo de unos instantes, Carlos dijo a su mujer:

—Acuéstale. Son las diez largas.

—¿Y la lección del Catecismo?

—Hoy ya la ha dado —respondió el padre, besando a Ángel con ardor sobre el nacimiento de la rubia melena.

Blanco y Negro, núm. 265, 1896.

El caballo blanco

Allá en el primer cielo, en deleitoso jardín, Santiago Apóstol, reclinando en la diestra la cabeza leonina, de rizosa crencha color del acero de una armadura de combate, meditaba. Mostrábase punto menos caviloso y ensimismado que cuando, después de bregar todo el día en su oficio de pescador en el mar de Tiberíades, vio que ni un solo pez había caído en sus redes; solo que entonces el consuelo se le apareció con la llegada del Mesías y la pesca milagrosa. Ahora, aunque en tiempos de pesca estamos, el hijo del Zebedeo, mirando hacia todas partes, no adivinaba por dónde vendría la salvación, siquiera milagrosa, de los que amaba mucho.

Frente al Patrono, en mitad del campo, se elevaba un árbol gigantesco, de tronco añoso, rugoso, de intrincado ramaje, pero casi despojado de hoja, y la que le quedaba, amarillenta y mustia. Infundía respeto, no obstante su decaimiento, aquel coloso vegetal; a pesar de que no pocos de sus robustos brazos aparecían tronchados y desgajados, conservaba majestuoso porte; su traza secular le hacía venerable; convidaba su aspecto a reflexionar sobre lo deleznable de las grandezas. De las ramas del árbol colgaban innúmeros trofeos marciales. Petos, golas, cascos, grebas y guanteletes, con heroicas abolladuras y roturas causadas por el hendiente o el tajo; espadas flamígeras sin punta y lanzas astilladas y hechas añicos; rodelas con arrogantes empresas; albos mantos que blasona la cruz bermeja, trazada al parecer con la caliente sangre de una herida; yataganes cogidos a los moros; turbantes arrancados en unión con la cabeza; banderas gallardas con agujeros abiertos por la mosquetería; el alquicel de Boabdil y la diadema pintorescamente emplumada de Moctezuma... Al pie del árbol, sujeto a él con fuerte cadena de hierro, se veía un ser hermosísimo, un corcel de batalla luminoso a fuerza de blancura: el Pegaso cristiano, aquel ideal bridón que galopaba al través de las nubes y descendía a traernos la victoria.

Los ojos del Apóstol se fijaron en el caballo, cual si no le hubiese contemplado nunca. Notó la lumínica blancura del pelo, la fluida ligereza y ondulación delicada de las crines, el fuego de las pupilas, el aliento ardiente que despedían las fosas nasales, la delgadez de los remos, finos cual tobillo de mujer; la especie de electricidad que desprendía el cuerpo del generoso animal celeste. Con solo advertir que le miraba su jinete de antaño, el caballo se estremeció, empinó las orejas, respiró el aire, hirió la tierra con el reluciente casco y pareció decir en lenguaje de signos: «¿Cuándo llega la hora? ¿Vamos a estar siempre así? ¿Por qué no me desatas? ¿Por qué no cruzamos otra vez entre lampos y chispas el firmamento rojo, el aire encendido de las campales batallas?»

Levantóse el Apóstol guerrero y fue a halagar con las manos el lomo de su cabalgadura. Quería consolarla, quería calmar su impaciencia y no sabía cómo, pues él, glorioso veterano, también soñaba incesantemente renovar las proezas de otros días. Sin duda para acrecentarle el ansia y avivarle el recuerdo aparecióse por allí un alma acabada de ingresar en el Paraíso, pues daba claras señales de no conocer los caminos, de hallarse como desorientada e incierta. Era el recién llegado de mediana estatura, moreno, avellanado y enjuto; rodeaban su tronco retazos de tela amarilla y roja, que apresuradamente igualaba en matiz la sangre fluyendo de varias mortales heridas. Santiago corrió hacia aquel valiente con los brazos abiertos, y el español, al ver ante sí al Apóstol de la patria cayó de rodillas y le besó los pies con infinita ternura.

—Bonaerges, hijo del trueno —murmuraba devotamente el español—, ¿por qué nos has abandonado? En nuestro infortunio, confiábamos en ti. Esperábamos que hicieses vibrar sobre nuestros enemigos el rayo o lloviese sobre ellos fuego celeste, como el que quisiste lanzar contra aquellos samaritanos que cerraban las puertas de su ciudad a Jesús. Mira, Santiago, adónde hemos llegado ya. Te lo diré con palabras de la Epístola que se lee el día de tu fiesta: hemos sido hecho espectáculo para las naciones, los ángeles y los hombres. Hemos venido a ser lo último del mundo. Y todo por faltarnos tú, Apóstol de los combates. Desata tu corcel, guíale al través del aire, ponte a nuestra cabeza. El caballo blanco olfatea la lid. ¿No oyes cómo relincha, deseoso de arrancar el grito de «cierra España»? Desciende: te esperan «allá». Te aguarda la tierra que por ti se creyó invencible. El bridón quiere romper la cadena. ¡Santiago! ¡Buen Santiago! ¡Señor Santiago!

Al oír tan apremiantes súplicas, el Apóstol se conmovía más. ¡Soltar el corcel blanco, salir al galope, esgrimir otra vez el acero llameante! ¡Hacía tanto tiempo que lo anhelaba! No por su gusto permanecía en la inacción, con la montura amarrada al árbol y las armas colgadas del ramaje... Y alzando y consolando al español y apretándole contra su pecho, Santiago empezó a vendarle las heridas cruentas, hecho lo cual llegóse al tronco y desató al blanco bridón, que, loco de júbilo al verse libre, al suponer que remanecían las aventuras de otros tiempos, agitó la cabeza, hizo flotar la crin, corveteó gallardamente y, batiendo el polvo con sus bruñidos cascos, alzó una nubecilla de oro. Por su parte, el Patrón descolgaba la cota de malla y se la vestía, calzábase el ancho sombrerón orlado de acanaladas conchas, afianzaba en los hombros el manto, embrazaba el escudo y ceñía el tahalí y la espada terrible. Entre tanto, el español echaba al caballo la silla recamada de oro y le ponía el freno y el pretal incrustado de cabujones de pedrería. Y cuando ya el Apóstol trataba de afianzar el pie en el estribo de plata para saltar, he aquí que aparece, saliendo del vecino bosque, otro español, vestido de paño pardo calzado con groseras abarcas, haciendo señas para que se detuviese el Apóstol. Este aguardó; en el villano de tez curtida y de rústico atavío acababa de reconocer a San Isidro, pobrecillo jornalero laborioso, que en su vida montó más que jumentos cargados de trigo, porque los llevaba a la molienda.

—¡Orden del Señor! —voceaba el labriego descompasadamente—. ¡Orden del Señor! Ese caballo nos hace falta para uncirlo al arado y que ayude a destripar terrones. Y ese español que está ahí, que venga a llevar la Junta. Bien sabes, Bonaerges, lo que dijo el Señor en ocasión memorable, cuando tu madre le pidió para ti y tu hermano el puesto más alto en el cielo: «Los que quieran ser mayores, beban primero su cáliz.» Paisano mío, a arar con paciencia y sin perder minuto...

El Imparcial, 28 de agosto de 1899.

«La exangüe»

—Alquiló el cuarto tercero de mi casa, desocupado hacía tiempo —nos dijo el eminente doctor Sánchez del Abrojo—, una señora que me llamó la atención al encontrarla casualmente en la escalera. Nada tenía, a primera vista, de particular; ni era guapa ni fea, ni vieja ni joven; vestía de riguroso luto y pasaba como una sombra, tímida y muda, acongojada por el sobrealiento de la subida. Lo que en ella me extrañó fue la palidez cadavérica de su rostro. Para formarse idea de un color semejante, hay que recordar las historias de vampiros que cuentan Edgardo Poe y otros escritores de la época romántica y servirse de frases que pertenecen al lenguaje poético; hay que hablar de palidez sepulcral; solo la muerte da un tono así a una faz humana.

El manto negro encuadraba y realzaba aquel rostro de cera, y en él observé una expresión peculiarísima, mezcla de dolor y de satisfacción, de calma y de sufrimiento. Mi costumbre de ver enfermos me hizo comprender que allí no existía solo un estado físico delatado por el calor; reconocí las huellas de algún sacudimiento moral formidable, los estragos de una catástrofe ignorada, y penetrado de simpatía y respeto, saludé a mi vecina siempre que nos cruzábamos en la meseta, y le cedí el pasamanos con especial deferencia y apresuramiento cortés.

Transcurrió una quincena sin que la viese, hasta que un día la criada de la pálida bajó a rogarme que visitase a su señora, encamada y enferma. Subí al tercero y encontré una vivienda pobre, limpia, glacial. Sin necesidad de tomar el pulso, reconocí en mi nueva cliente los síntomas de la anemia profunda, cuando ya ataca los tejidos y produce desórdenes graves. Las piernas hinchadas, la extremada languidez, el no poder alzar los párpados, eran señales de que faltaba el jugo vital, licor precioso que reparte por todo el organismo energía y fuerza.

—Cada quisque —prosiguió el médico, después de ligera pausa— tiene sus caprichos y sus goces. Otros coleccionan dijes, baratijas, cuadros, muebles, que avalora su belleza o su rareza; yo (no por caridad ni por filantropía; por «tema», por mi carácter tozudo) colecciono vidas; junto resurrecciones... Es para mí deleite refinado arrancar a la nada su presa... Me complazco en saber que gracias a mí andan por la calle más de un centenar de personas que ya tenían ganado el puesto en la sacramental. Ver a la pálida, y prometerme enriquecer con ella mi colección, fue todo uno. Déjense ustedes —añadió, atajando nuestras manifestaciones— de elogios que no merezco... Créanme. ¡Si me conoceré yo! Los que nacen para tenorios se desviven por «una más» en la lista. ¿Se figuran ustedes que en el fondo hay gran diferencia? No tengo veta de tenorio, pero soy otro como él, que reúne y archiva en la memoria emociones de un género dado. ¿Amor a la Humanidad? ¡Quia! Odio al sepulturero, ¡que no es lo mismo!...

Explicada así, comprenderán que no hay que alabarme tampoco por lo que hice para ampliar y reforzar mi catálogo.

La anemia se cura, más que con medicinas, con alimentos y reconstituyentes. La señora no podía costear ciertos manjares: sustancia de carne, verbigracia; como yo deseaba hacerla revivir, puse los medios, y la cosa marchó bien. Todavía está descolorida; no creo que llegue nunca a preciarse de frescachona; pero ya no sugiere ideas de vampirismo... Y no vendría a cuento que yo hablase de esta curación, menos difícil que otras, si no me hubiese proporcionado ocasión de saber la historia de la tremenda palidez. Fue necesario, para que me la refiriese, todo el agradecimiento que la pobrecilla me cobró, no sé por qué, acompañándolo de una veneración y una confianza sin límites.

Era mi enferma una señorita bien nacida, y se había quedado sin padres, ni más amparo en el mundo que el de un hermano menor, empleado, por influencia de un pariente poderoso, en nuestras oficinas de ultramar. El sueldo módico sostenía mal a los dos hermanos; sospecho que ella trabajaba para fuera; con todo eso, pasaban suma estrechez. Nació de aquí el deseo de un traslado a Filipinas, la hermana siguió al único ser a quien amaba, y se establecieron en uno de esos poblados de barracas de bambú, perdidos en el océano de verdor del hermoso archipiélago que ya no nos pertenece.

Abreviando detalles de los años que allí residieron en paz, diré que la sublevación al pronto no les asustó; creían inofensivos a aquellos adormilados y obedientes indígenas, y les parecía seguro reducirlos, con solo alzar la voz en lengua castellana, a la sumisión y al inveterado respeto. Disipóse su error al cercar el poblado hordas diabólicamente feroces, que lanzaban gritos horrendos y esgrimían el bolo y el campilán. Defendióse con valor de guerrillero el fraile párroco, refugiado en la iglesia, realizando proezas que no pasarán a la Historia; ayudóle como pudo el empleado; cedieron al número; quedó el fraile acuchillado allí mismo; al empleado le cogieron vivo, y a su hermana la llevaron arrastra a una choza donde el vencedor, un cabecilla tagalo (poco importa su nombre), tenía su cuartel general. La española se arrojó a sus pies llorando, implorando el perdón del hermano con acentos desgarradores. La cara amarillenta del cabecilla no se alteró: expresaba la frialdad inerte de la raza, y se creería que era de madera de boj, a no brillar en ella la chispa de los oblicuos ojuelos de azabache. En el semblante impasible leyó la señorita, enloquecida de horror, la sentencia del hermano adorado, y besando los pies del cabecilla, le ofreció «su sangre por la de él». «Se admite —contestó de pronto el amarillo—. La sangre de él no correrá. Que sangren a ésta.»

La sangría, estremece decirlo, duró... una semana. Cada mañanita, en una escudilla de coco, recogían la sangre de la desdichada, que caía después al suelo en mortal desmayo. Desde el quinto día, la debilidad le produjo una especie de delirio; creíase a bordo del barco que la conducía a España, libre y feliz, al lado de su hermano; escuchaba el ruido del mar batiendo los costados del buque, y notaba (efectos del vértigo) el ir y venir de las olas, el balance y cuchareo de la embarcación, el soplo del viento, la humareda que la chimenea lanzaba. Tan pronto su alucinación le mostraba una bandada de tiburones, como un asalto de piraguas llenas de indígenas; ya exhalaba chillidos porque ardía el barco, ya oía silbar las balas de los cañones y veía que el gran trasatlántico, partido en dos, hundíase en el abismo. Al amanecer del octavo día (último de su suplicio, según la habían anunciado), cuando ya la vena del brazo, exhausta, solo gota a gota soltaba su jugo, y el corazón desfallecía próximo al colapso mortal, en un momento lúcido, o acaso de fiebre, se le apareció España, sus costas, su tierra amada, clemente; y creyendo besarla, pegó la boca al suelo de la cabaña, donde yacía sobre petates viejos, medio desnuda, agonizando, devorada por sed horrible, clamor de secas venas sin jugo.

La misma tarde cerró sobre el poblado una columna de Infantería española e indígena, poniendo en fuga a los insurrectos y libertando a los prisioneros y heridos. Atendieron a la infeliz, reanimándola un poco a fuerza de cuidados. Lo primero que pidió la exangüe fue a su hermano; quisieron ocultarle la verdad; pero la adivinó: el castila colgaba de un árbol corpulento... El cabecilla había cumplido su palabra no sacándole gota de sangre de las venas...

Entre los que escuchaban a Sánchez del Abrojo siempre contábase el pintor modernista Blanco Espino, a caza de asuntos simbólicos... Batió palmas con entusiasmo.

—Voy a hacer un estudio de la cabeza de esa señora. La rodeo de claveles rojos y amarillos, le doy un fondo de incendio..., escribo debajo La Exangüe y así salimos de la sempiterna matrona con el inevitable león, que representa a España.

Blanco y Negro, núm. 4150, 1899.

La armadura

No se hablaba más que de aquel baile, un acontecimiento de la vida social madrileña. La antojadiza y fastuosa señora de Cardona había exigido que no solo la juventud, sino la gente machucha; no solo las damas, sino los caballeros, todas y todos, en fin, asistiesen «de traje». «No hay —repetía madame Insausti— más excepción que el nuncio..., y eso porque va 'de traje' siempre.»

Prohibido salir del apuro con habilidades como narices, girasoles eléctricos en el ojal, pelucas o trajes de colores. Obligatorio el traje completo, característico, histórico o legendario.

Se murmuró, naturalmente, de la Cardona (con los sayos que le cortaron podrían vestirse los concurrentes a la fiesta); se le puso un nuevo apodo: Villaverde... Pero entre dentellada y dentellada, la gente consultó grabados y figurines, visitó museos, escribió a París, volvió locos a sastres y modistas..., y las caras más largas no fueron debidas a la sangría del bolsillo, sino a omisiones en la lista de invitados.

Quien estaba bien tranquilo era el joven duque de Lanzafuerte. Al preguntarle Perico Gonzalvo «de qué» pensaba ir, triunfante sonrisa dilató sus labios. «Voy de abuelo de mí mismo. Ya verás mi martingala», añadió satisfecho.

Y es que (en confianza) gastos extraordinarios no le convenían al duque. Estoy por decir que ni ordinarios. Embrolladísimos andaban los asuntos de la casa, y gracias que el padre del duque se había muerto a tiempo; que si dura dos añitos más... En fin: se salió adelante, por la puerta o por la ventana... Por la ventana, sobre todo. Se vendían cortijos, cuadros de mérito, literas, tapices... Quedaban aún, testimonio de grandeza pasada, algunas antiguallas preciosas, y entre ellas, una armadura completa de un paladín compañero de Carlos V. En esta armadura, arrinconada en una especie de leonera, se había fijado el duque, haciéndola limpiar de orín, y al parecer limpia vio que era objeto digno de la Armería, muy semejante (y quizás de la misma mano) al célebre arnés de parada y guerra del emperador, conocido por «el de los mascarones». Igual labor milanesa, finísima, de ataujía de oro y plata; igual empavonado...

A conocerse, hubiese sido cebo de anticuarios y envidia de coleccionistas. ¿Qué mejor disfraz? ¿Qué cosa más propia de máscaras? Sin gastos ni cavilaciones, Lanzafuerte sería el rey de la fiesta.

Dicho y hecho. Dos horas antes de la solemne de entrar en el baile, estaba el duque abierto de brazos y esparrancado de piernas, dejándose abrochar piezas de la armadura. Fue especialmente arduo el ajuste del peto y espaldar: se habían olvidado las correas con su hebillaje. Terminada la difícil obra, se miró el duque en un espejo de cuerpo entero y no se reconoció. Afeitado el bigote, cayendo a ambos lados del rostro las melenas de la peluca, era un retrato antiguo bajado del lienzo. La apostura arrogante, la boca desdeñosa, el diseño de las facciones viril y adamado a un tiempo, convertían al duque en «doncel» y la raza hirvió en su sangre, causándole la nostalgia de la edad heroica. «¡Si nazco entonces!», murmuró con orgullo. «Pero ¡ahora..., claro! No hay medio...» Aumentaba su engreimiento el que la armadura le venía un poco estrecha. «Soy más hombre que el paladín...»

Al bajar las escaleras, sus ideas tomaron otro giro. Si no le ayudan los criados, de cabeza al portal. Y precauciones infinitas para meterse en el coche, para sentarse, para salir, para subir a la regia morada de Cardona, por peldaños de mármol, entre doble de fila de lacayos empolvados, de azul librea y calzón corto. En cambio la entrada, de sorprendente efecto. Destacándose sobre los trajes, que al fin eran disfraces de relumbrón, la armadura se imponía por el arte, por la verdad, por la seriedad y la extrañeza. Un guerrero se alzaba del sepulcro, una estatua yacente se había incorporado. Como animada figura debida al cincel de Pompeyo Leoni, avanzaba el duque, levantando a su paso murmullos de admiración. Los inteligentes tasaban aquel noble despojo y lo valuaban en cifras sonoras, con el impudor del hábito de que todo se venda. Los artistas transportados, clamaban elogios, los preciados de eruditos recordaban timbres de la casa de Lanzafuerte, y una vez más desfilaba la clásica lista de nuestros triunfos: San Quintín, Pavía, Orán, Ceriñola. Y el choque del acero al andar el duque tenía un eco romántico, algo parecido al son de los escudos en la cabalgata wagneriana. Solo una voz burlona, casi en la misma cara de Lanzafuerte, pronunció:

—Se ha disfrazado de héroe para que no le conozca ni su madre...

Por fin, la maravillosa armadura se confundió entre el bullicio del baile, en un remolino de cíngaros, andaluces girgels, marquesas Luis XV, rosas, libélulas y japonesitas de cejas pintadas. El paladín de Carlos V empezaba a notar indefinible molestia, que fue acentuándose, convirtiéndose en declarada fatiga.

No podía dudarlo: le pesaba y le apretaba la maldita armadura... ¡Qué idea haberse metido en semejante caparazón! Ni poder bailar, ni siquiera estar de pie... ¿Sentarse? ¿Y cómo? ¿Que a lo mejor saltasen las escarcelas y se quedase allí en calzón de punto? Imposible... Un sudor de angustia humedeció sus sienes. Irse era exponerse a la chacota... Por fatalidad, la bella Inés Puenteancha vino a rogarle que hiciese bis en un rigodón. ¿Rigodón? ¿Andar, volverse, inclinarse? Lanzafuerte, acongojado, se excusó lo mejor que supo... Pidió en el comedor un vaso de ponche helado y experimentó momentáneo alivio. La Puenteancha le preguntó risueña si estaba malo.

—No es nada... calor... —y a manera de quien huye, pálido, escalofriado, se escabulló a la serre, casi desierta, y con paso trabajoso se dirigió a la antesala. Los lacayos le socorrieron, le bajaron en vilo, avisaron a un coche. Dentro cayó el guerrero, produciendo temeroso ruido. ¡Uf! ¡Por fin! En casa le arrancarían la horrible armadura.

—¡Fuera todo esto, fuera! —gritó cuando estuvo en manos de sus servidores, que se miraban sorprendidos y descontentos... ¡Ellos que se prometían una noche de libertad! Y además..., ¡qué compromiso!

—¡Fuera todo, volando! —repetía el duque, abriendo los brazos otra vez, esparrancando las piernas.

Quitáronle gola, escarcelas, quijotes, grebas, brazales, cubos, guanteletes... Al llegar a la coraza se pararon.

—¿Qué aguardáis? —interrogó furioso...—. ¡Si esto es lo que más me oprime!

El ayuda de cámara, tartamudeando, se disculpó. ¿No se acordaba el señor duque? Su coraza, por faltarle el hebillaje y correas, estaba soldada a fuego.

—¡A fuego! ¡Es verdad! ¡Maldita sea! ¡Volando!... ¡El armero!... ¡Ya estáis aquí con él!

Nuevas excusas. Confusión. ¡El armero! Si el señor duque lo deseaba irían...; pero inútil buscar a nadie a la una de la noche del domingo de Carnaval. Hasta la mañana siguiente...

Ante una orden a rajatabla salieron a caza del armero, con la convicción de no encontrarle, y quedóse el duque embutido en la coraza, echado sobre la cama, sin poderse revolver ni resollar. La opresión de su pecho, la sensación de asfixia eran ya tormento insufrible. Y pasaban las horas de la noche con cruel lentitud, y comprimía sus pulmones hasta ahogarle una mano de plomo. ¡Armadura odiosa! ¡Cuánto daría el descendiente de los paladines por verse libre de ella, por tenerla colgada en la pared, en panoplia decorativa, luciendo sus labores riquísimas, sus figuras paganas del más puro Renacimiento! ¡En la pared, sí; en el pecho no! ¿Qué sugestión diabólica había sido aquella? Incrustarse en el molde de otros siglos... ¡y no poder salir! Sentir sobre un costillaje débil, sobre un corazón sin energía, la cáscara del heroísmo antiguo... ¡y no romperla! ¡Prisionero de una armadura! El golpe de sus arterias remedaba el trotar de bridones; el zumbido de la sangre era el fragor de la batalla...

—Así verás que no es tan fácil disfrazarse de abuelo de sí mismo —dijo, soltando la carcajada, Perico Gonzalvo, que, según costumbre, subió a casa de su amigo al retirarse del baile, y penetró en la alcoba de Lanzafuerte tocando una trompeta de cotillón, toda guarnecida de cascabelitos dorados...¿Parecerse a la gente de «entonces»? ¡Hombre! Ni en guasa...

Y como Lanzafuerte gimiese medio muerto (ya ni respirar podía), añadió el gomoso:

—¿Sabes qué me ocurre? España está como tú..., metida en los moldes del pasado, y muriéndose, porque ni cabe en ellos ni los puede soltar... Bonito simbolismo, ¿eh? Vaya, voy en persona a traerte alguien que te libre de ese embeleco... Porque ¡si esperas a los criados...!

El torreón de la esperanza

¿Conocéis por tradiciones y descripciones el torreón fatídico desde cuya plataforma la infeliz Isaura, séptima esposa de Barba Azul, aguardó con sudores de agonía a sus hermanos, que venían a libertarla de la muerte? Aferrada a una almena como si ya se defendiese instintivamente del cuchillo, Isaura, con el rostro del color de la cera y el cuerpo tembloroso, no tenía ánimos ni para seguir avizorando el horizonte. Su esposo y verdugo, después de sorprender la delatora mancha de sangre en la llave del terrible gabinete, mandó a Isaura subir a lo más alto de la torre para encomendarse a Dios, advirtiéndola que de allí a media hora, sin remisión, iría a degollarla. Isaura, flaqueándole las piernas, nublados por el miedo los ojos, solo acertaba a preguntar de minuto en minuto, con voz a cada paso más apagada y desfallecida: «Hermana Ana: ¿No ves nada? ¿No viene nadie?» Y Ana, dolorosamente, respondía: «Solo veo la hierba que verdea y el camino que blanquea.» Cuando ya faltaban pocos instantes para cumplirse el plazo; cuando Isaura, crispadas las manos, se agarraba a las piedras creyendo sentir en la garganta el frío del cuchillo, Ana exhaló un grito loco, delirante: «¡Allí vienen, allí vienen!» Y disipada la nube de polvo que arremolinaba el galope de los corceles, Isaura reconoció a los paladines que volaban a salvarla...

Mucho se ha escrito y discutido acerca del torreón de Barba Azul. La opinión más general es que yace en ruinas, y que si los medrosos subterráneos, con sus mazmorras y pozos donde aparecen aún hoy, al excavar y registrar, huesos y calaveras humanas, se conservan intactos, el torreón de la Esperanza se vino a tierra.

Mejor informado, puedo asegurar que el torreón existe. Es tan fuerte y sólido, sus piedras están tan bien trabadas, con cemento tan indestructible; su gorguera de elegantes almenas posee una resistencia tal, que ni las tormentas, ni la lluvia, ni el aire, ni siquiera el transcurso del tiempo y el abandono, han podido dar cuenta de él.

Hay más todavía. No solo no ha sufrido deterioro el torreón, sino que actualmente es visitado por innumerables peregrinos y viajeros de todos los países del mundo, que acuden allí como en romería, atraídos por la leyenda. Ésta asegura que encaramándose al torreón de la Esperanza y aguardando con paciencia —sin dejar de implorar el auxilio del Cielo—, cada cual acaba por ver venir, alzando la indispensable nube de polvo, una representación de su porvenir y su destino. Ya se adivina si estará concurrida la plataforma de la torre y si los que se agarran a sus almenas —las mismas a que Isaura se abrazó en trance apretadísimo— sentirán latir el pecho de ansiedad, a veces de dolor, a veces de suprema alegría.

No hace mucho —esta noticia nos interesa especialmente—, una caravana de viajeros españoles, como pasase cerca del torreón de la Esperanza, deseó subir a él. Antes de realizar la ascensión conferenciaron, y con la verbosa familiaridad y la espontánea franqueza que caracteriza a los españoles, se confiaron recíprocamente sus aspiraciones y hasta sus fantásticos sueños. Abrieron su corazón como se abre una puerta, de par en par, y resultó que existía entre sus anhelos afinidad y analogía extraña. Querían encaramarse al torreón de la Esperanza, porque, aburridos y hastiados de lo presente, solo fiaban en las novedades que diese de sí lo futuro. Mostrábanse los peregrinos descontentos de cuanto existe, y andaban conformes en atribuir los males y decaimiento de España a los individuos que figuran a la cabeza de la nación. Solo un ciego no veía la decadencia y lastimoso agotamiento de nuestros «héroes». Sobre este tema había que oír a los peregrinos, oportunos, decidores y epigramáticos. Las flaquezas, las deficiencias, las torpezas y los yerros de las celebridades salieron a relucir con salsa de mostaza picante, con fuego graneado de chistes y anécdotas.

Quedaron allí las altas famas pulverizadas, las glorias disueltas y devoradas por el ácido corrosivo de una crítica mofadora. ¿Los estadistas? Garduñas, vividores sin conciencia. ¿Los caudillos? Cobardones, y, por contra, ineptos, sin el acierto instintivo del guerrillero ni la vasta estrategia del verdadero gran capitán. ¿Los artistas? Imitadores misérrimos, que se traían del extranjero las ideas y hasta las formas, como las bailarinas se traen pantorrillas de algodón. ¿Los literatos? Pobres diablos secos y vacíos hasta la médula de los huesos, y además, pesadísimos... «¡Lateros insufribles!», gritó uno de los peregrinos, que frisaría en los veintitrés años y lidiaba a la sazón con el tercero de Derecho.

La frase resumió el debate; todos convinieron en que se estaba erigiendo una catedral de hojalata para que se riese la posteridad. Urgía refrescar, variar el personal; era llegado el instante de cambiar de baraja, estrenando una nueva, tersa, reluciente, no sobada ni fatigada del uso... ¡Vengan otros, los desconocidos, los ignorados genios que encierra en su seno la multitud anónima! Por eso ardían los españoles en deseos de subir al torreón y divisar a lo lejos el remolino de polvo que anuncia la irrupción triunfante del porvenir...

A la mañana siguiente, al despuntar el día, trepando por las piedras, agarrándose a las matas de hiedra, valiéndose de escalas y de sogas, arañándose las manos, alcanzaron la plataforma, y reclinados en el parapeto y el almenaje, consultaron ansiosos el horizonte. Desde luego pudieron cerciorarse de la verdad histórico-topográfica que envuelve la conseja de Barba Azul. Arrancando de la calzada que conduce al puente levadizo del castillo, y prolongándose hasta perderse allá entre dos montañas casi difuminadas en la lejanía, serpeaba por frescos prados la cinta de plata del camino. En lo más distante que de él podía percibirse clavaron los ojos los españoles, como los había clavado la despavorida Isaura; y repitiendo su pregunta con afán poco menor, preguntaban los cortos de vista a los que asestaban poderosos gemelos:

—Qué, ¿nada? ¿No asoma nada aún?

Y los otros respondían:

—Nada... Solo se ve la hierba que verdea y el camino que blanquea.

Pasaron horas y horas, y mis españoles quietos allí, catalejo en ristre, o haciéndose pantallas y tubos con periódicos los que de anteojo carecían. El Sol, que iba remontándose al cenit, picaba más de lo justo y quemaba las pupilas y derretía los sesos; la sed inflamaba los gaznates y el hambre pellizcaba los estómagos; pero la magia de la Esperanza, como un filtro, sostenía a los expedicionarios, impidiéndoles retirarse. Cerca ya de la hora meridiana, un privilegiado que poseía unos soberbios marinos exhaló chillido indescriptible. ¡Allá, allá, en lontananza remotísima, acababa de aparecer un punto blanco, el núcleo de un astro, la misteriosa nube de polvo!

Creyeron volverse locos los españoles. De mano en mano pasaron los gemelos. ¡Sí, sí, allí estaba, creciendo, dilatándose, la nube!

Pronto, roto el turbio velo, lograron distinguir lo que se acercaba. Era una lucida cohorte a caballo, una hueste espléndida, bizarramente engalanada y armada de punta en blanco, apercibida al combate. Ya se podían admirar el corveteo de los fogosos bridones, ya el damasquinado de los arneses y cotas; ya gallardeaba el ondear de las plumas y el flotar de las bandas de colores; ya se distinguían las empresas de los pendones y el blasón de los escudos... Los de la plataforma, ebrios de entusiasmo, gritaban, vitoreaban, cabalgaban en las almenas a riesgo de estrellarse... Faltábales solo ver las caras de los paladines: era una fatalidad; llevaban todos baja la visera del casco ¡Grande, ardiente era el anhelo de conocer a los que cifraban el destino de la patria española!...

Un clamoreo inmenso, de nervioso entusiasmo, se alzó de la plataforma cuando, llegados al pie del puente levadizo, los «héroes» que venían alzaron la visera... Y otro clamor especial, de ironía y desencanto, siguió al primero.

Los de la hueste esperada, los de la hueste desconocida... no eran sino «aquellos» mismos, ¡vive Dios!, aquellos que desde hacía años lidiaban, resistiendo los embates de la censura y las exigencias del descontento y del cansancio. Todos iguales, invariables, ya curtidos, ya veteranos... Los mismos caudillos, los mismos estadistas, los mismos artistas y literatos célebres... ¡Ni una cara nueva, vive Dios!

Y los viajeros españoles, asaz mohínos, descendieron aprisa... A la noche se consolaron armando una tertulia, volviendo a pulverizar a los eternos «héroes», y planeando, para el otoño próximo, otra subida al torreón de la Esperanza.

Blanco y Negro, núm. 376, 1898.

El palacio frío

¿Os acordáis de aquella princesa enferma, hija del rey de Magna, a quien curó como por ensalmo un viejo mostrándole cierto panorama muy lindo? Pues habéis de saber que a la vuelta de muchos años el cetro de Magna vino a recaer en un hijo de esta princesa, y este hijo, bajo el nombre de Basilio XXVII, reinó gloriosamente por espacio de más de un cuarto de siglo, persistiendo la huella de su paso por el trono en varios monumentos grandiosos y venerables, que estudian hoy los arqueólogos con particular interés, discutiendo si el estilo peculiar de tales construcciones es invención que exclusivamente pertenezca al vigésimo séptimo Basilio o procede ya de la influencia de su madre y quizá se remonta hasta la de su abuelo. Punto es éste acerca del cual se han escrito doce voluminosos libros y cosa de setenta monografías asaz doctas.

Lo que especialmente hizo darse de calabazas a los sabios fueron ciertas imponentes ruinas que la tradición popular llama del Palacio frío, sin que hasta hace poco tiempo se consiguiese averiguar el origen de tal nombre, que contrasta con el aspecto de lo que del edificio resta en pie.

En efecto; el palacio, del cual se conservan galerías, salones y estancias que decoran restos de ricas maderas y preciosos mármoles y jaspes, parece haber sido erigido por la madre de Basilio XXVII para asilo de un feliz amor conyugal; y su traza, su adorno, su carácter, en fin, son marcadamente amables y alegres, con la alegría de una dicha soberana, ostentosa y triunfante.

El emplazamiento, su orientación al Mediodía, su situación en el punto más despejado y dominando la perspectiva más risueña, sobre la bahía y entre bosquecillos de naranjos, limoneros y granados siempre en flor, tampoco permitían inducir por qué hubo de ser llamado «frío», nombre que parece delatar solemnidad y tristeza.

El enigma de semejante tradición llegó a preocupar al doctor Herr Julius Tiefenlehrer, sabihondo catedrático alemán, que se propuso descifrarlo a toda costa. Con la cachaza del que no regatea tiempo, se instaló en las mismas ruinas, y araña de aquí, escarba de allí, rebusca por allá y escudriña por acullá, consiguió desenterrar, al pie de una columna, en la cripta, bajo lo que fue salón del trono, un cofrecillo de hierro que contenía un rollo de manuscritos.

A pique estuvo el doctor Tiefenlehrer de volverse loco de júbilo con el inestimable descubrimiento; como que los manuscritos eran nada menos que unas instrucciones muy prolijas, de puño y letra del mismo Basilio XXVII, y destinadas a sus herederos y sucesores, para adoctrinarlos en la recta gobernación del Estado y en la conducta que debe seguir un monarca. Pero lo que sobre todo arrebató a Herr Julius al quinto cielo, fue que, por vía de ejemplo, Basilio refería allí con pormenores la historia del Palacio frío. Y nosotros, al traducirla del enorme volumen en lengua alemana en que el sabihondo la publicó, enriqueciéndola con toda especie de documentos, glosas, advertencias, referencias, notas, comentarios, planos y estudios comparativos con otras tradiciones de Magna y de los demás pueblos del mundo, la extractamos rápidamente y solo damos en forma escueta el relato del extraño suceso por el cual se llamó «frío» el palacio de Basilio XXVII.

Es el caso que cuando el joven Basilio heredó la corona, hallóse en un estado de ánimo parecido al fervor de los que ingresan en una Orden religiosa, y se dio a pensar cómo debía conducirse a fin de cumplir sus deberes y desempeñar a perfección la alta y ardua tarea que le señalaba el Destino. Penetrado de la grandeza y hasta de la santidad de su cargo, pidió a Dios luz y fuerza para que su nombre pasase a la Historia con la aureola y el prestigio de los reyes que saben ejercer el poder sumo en provecho y honor de la patria. Sin embargo, tan excelentes intenciones se estrellaban contra una dificultad: el rey quería el bien, pero no sabía dónde estaba, ni en qué consistía, ni cómo era preciso arreglárselas para descubrirlo.

Así las cosas, y mientras Basilio cavilaba en el modo de acertar, empezó a darse cuenta de un sorprendente fenómeno; y es que dentro de su palacio —aquel deleitoso palacio construido por una reina enamorada para albergue de la dicha, y enclavado en un oasis, en lo mejor de un país de clima naturalmente benigno— hacía frío, mucho frío, un frío cruel. La sensación de este frío, al principio sutil y casi imperceptible, iba siendo a cada paso más fuerte y penetrante. Nadie dudará que el rey aplicó al punto los remedios que suelen emplearse contra el descenso de la temperatura; y el primero fue abrigarse, envolverse en ropas de invierno. Desde la hopalanda de enguatada seda hasta el manto de finas pieles de rata polar, colchón vivo que crea una atmósfera suave y tibia en torno del cuerpo; desde el casacón de terciopelo de media pulgada de alto hasta la funda de raso rehenchida de plumón de pato silvestre; desde la vedijosa zalea de cordero blanco hasta la gruesa manta lanuda, Basilio usó cuanto juzgó a propósito para entrar en calor, sin que se desvaneciese aquel frío singular, siempre más intenso. Desesperando ya del abrigo suyo, se dio prisa a calentar el palacio.

De entonces procede la construcción de las suntuosas y amplias chimeneas que por todas partes lo decoran, y en las cuales noche y día se quemaba un monte entero de leña seca, levantando mil lenguas y jirones de llama. No se conocía en aquel tiempo otro sistema de calefacción; pero sobraba para disipar cualquier frío natural y explicable en lo humano. No obstante, el frío continuó, arreció, redobló, invadiendo ya la médula del rey, que daba diente con diente a todas horas.

Cuando Basilio XXVII preguntaba a sus ministros y magnates y a los mil agradadores que bullen alrededor de los poderosos si sentían como él aquel extraño frío, le desesperaba oírles responder vagamente que sí, y al mismo tiempo verlos andar a cuerpo y abanicarse, mientras él se encogía castañeteando los dientes. Notaron los áulicos la contrariedad del soberano, quisieron llevarle la corriente y fue muy gracioso verlos fingir que también se helaban, vestidos de riguroso invierno y sudando como pollos. Y el joven rey, que tenía un espíritu sincero y leal, se indignó ante la comedia y miró a sus cortesanos con desprecio profundo al observar que en cosa tan evidente y palmaria le mentían y engañaban sin temor. Acometido de tristes recelos, pidiendo la verdad a la ciencia, Basilio llamó a un médico y le preguntó si el terrible frío que solo él padecía sería debido a mortal enfermedad. Reflexionó el sabio, y después quiso saber si el rey notaba el mismo frío en todas partes. Abriendo una ventana, suplicó a Basilio que se asomase; y cuando este pensó tiritar y morir helado, observó que, por el contrario, el aire exterior le calentaba y reanimaba mucho.

—La solución de este problema no depende de la Medicina —declaró el doctor—. Vuestra majestad no está enfermo. No me consulte a mí, sino a su conciencia y a Dios, y pues aquí tiene frío y ahí no, salga a todas horas; viva fuera de este palacio fatal.

Y Basilio salió, en efecto, huyendo de la espléndida morada en que se congelaba su sangre y los mármoles parecían témpanos, y los dorados, irisaciones del Sol en las paredes de alguna nevera. Echóse a todas horas a la calle, gozando con delicia la suave temperatura, y poco a poco fue tomando interés en lo que le rodeaba, y estudiando y conociendo lo que preocupaba y convenía a sus vasallos.

Vio con extrañeza que el mundo no era como sus cortesanos lo pintaban, y le pareció que se le barrían de los ojos unas telarañitas y que el cerebro se le despejaba y se le despabilaba el sentido. Mil cuestiones que no comprendía se le aparecieron claras, transparentes; conoció las necesidades, oyó las quejas, se asimiló las aspiraciones, hizo suyos los deseos y afanes del pueblo, y de tal modo se identificó a la vida de sus súbditos, que su corazón llegó a latir enteramente al unísono del gran corazón de la patria, como si a los dos los regase la misma sangre y los dilatasen y contrajesen iguales alegrías y tristezas.

Basilio estaba transportado. Lo único que todavía le contrariaba era que, al retirarse a palacio, le acometía el frío otra vez. Y, en un momento de inspiración, se le ocurrió que, pues fuera hacía calor, quizá el palacio se templaría abriendo de par en par las puertas y las ventanas para que lo llenase el ambiente exterior, las ráfagas de la calle y hasta la gente de la calle, la gente humilde. Dio, pues, la orden y fueron franqueadas a los súbditos las puertas del regio alcázar. Y a medida que el pueblo, respetuoso y lleno de amor por su buen monarca, recorría las estancias magníficas, verificábase el portento: derretíase el hielo, el aire se hacía blando, templado; las avecillas de las pajareras cantaban, los tiestos florecían, reía el dulce hálito de la primavera.

Resuelto estaba el enigma. Basilio XXVII no volvió a tener frío en su palacio.

Blanco y Negro, núm. 386, 1898.

El templo

Sucedía lo que voy a referir en los tiempos modernísimos de la China, séptimo siglo de nuestra Era, reinando la emperatriz Vu. No incluyen los historiógrafos sinenses a esta dama en la lista de los soberanos, alegando que Vu era una usurpadora, ni más ni menos que la actual emperatriz, que tanto preocupa a la Europa culta.

Hija de un príncipe de Mingrelia, Vu fue llevada al gineceo de Tai-Sung con otras veinte doncellas nobles, encargadas de hacer el té y plegar, guardándolos en cajas de sándalo oriental, los ropajes de seda del emperador. La reconocieron los eunucos; se cercioraron de que tenía el aliento sano, la dentadura pareja y completa, el cuerpo puro y gentil, y sabía trazar con el pincel los caracteres complicados del alfabeto, rasguear la guitarra y recitar de memoria las enseñanzas de la literatura Panhoei-pan, que ordenan a la mujer ser en su casa nada más que un eco y una sombra. Seguros ya de que Vu merecía el honor de divertir al glorioso soberano, la vistieron de bordadas telas, la perfumaron con algalia, salpicaron de flores de cerezo su negra cabellera, peinada en complicadas y relucientes cocas, y la presentaron a Tai-Sung. Éste apenas la miró; altos designios, planes heroicos, sabias máximas ocupaban su mente. Estaba disponiendo las instrucciones que había de dar al príncipe heredero Kao-Sung, entre las cuales figuraba este consejo: «Reina sobre ti mismo y sujeta tus pasiones.»

Y el príncipe heredero —asomado al balconcillo de un pabellón de bambú que adornaban placas de esmalte y cuyo techo escamoso guarnecían campanillitas de plata— vio pasar a la nueva esclava de su padre y la codició en su corazón de un modo insensato.

Un mes más tarde, el emperador bebía una taza de té servida por Vu, y disuelta en la rubia efusión, fuerte dosis de opio ofrecía al mortal reposo eterno. Después del solemne entierro del ilustre guerrero y legislador, Kao-Sung repudió a sus legítimas esposas, emperatrices del Poniente y del Levante, y sentó a su lado, en el trono, a Vu, dándole el título nuevo e inaudito de reina celestial.

Jamás se había cometido tan grave y escandalosa acción. La piedad filial es la virtud china por excelencia, y Confucio dice en el Y-King o Libro de los libros que el padre es al hijo lo que el Sol al mundo. Pero habían pasado los tiempos en que el prestigio de la ley podía más que el respeto al monarca, y nadie se atrevió a chistar. Solamente un literato —en aquel país los literatos llevaban la voz de la conciencia pública— tuvo valor para anunciar a Kao-Sung que los Espíritus o manes de los antepasados tomarían venganza de la ofensa; por lo cual el literato fue esmeradamente cortado en diez mil pedacitos, suplicio que se reserva a los grandes culpables.

Sin duda los Espíritus quisieron dejar bien al literato, pues Kao-Sung murió pronto, consumido por el incendio de sus venas, por el amor desesperado y loco. Sucedíale su hijo Shun-Sung; pero a los pocos días la emperatriz le hizo sorprender en su lecho y trasladar en palanquín a una fortaleza fronteriza, de las que defendían la Gran Muralla. Y apoderándose del trono dio rienda suelta a su soberbia infinita. Mandó construir un palacio desmesurado, y en él reunió servidumbre innumerable, entre la cual había bailarinas, atletas, astrólogos, arqueros muy diestros y palafreneros tártaros de suma habilidad. Todas las noches los jardines se iluminaban con millares de farolillos, y barcas empavesadas, de figura de dragones o cisnes, llenas de músicos, con mesas dispuestas para el banquete, recorrían los estanques y lagos; en la más suntuosa de las embarcaciones, la emperatriz, rodeada de su corte, se entregaba a los delirios de la orgía. Hasta tuvo el capricho de hacer un lago de vino rojo y ver cómo se bañaban en él, ebrios ya, los cortesanos. En medio de su desatinada vida, Vu pensaba en agrandar su Imperio, y veteranos generales consiguieron para sus armas brillantes victorias. Los literatos, no queriendo ser aserrados o cortados en diez mil trozos, cantaban la gloria de la excelsa Vu, y el Imperio entero, postrado a sus casi invisibles pies, la reverenciaba acobardado, pues las proscripciones habían hecho oscilar, al extremo de un bambú corvo, muchas y muy ilustres cabezas.

Cualquiera pensaría que Vu, en tal esplendor de triunfo, no envidiaba a nadie en la Tierra. Y sin embargo, a los tres días de reinar, dio marcadas señales de cansancio y hasta de melancolía, por lo cual los médicos y astrólogos de palacio no sabían a qué santo encomendarse, pues la emperatriz, encerrada en sus habitaciones, se negaba a ver a nadie, y hasta hubo días en que rehusaba el alimento. Mil versiones corrían acerca del padecimiento incomprensible de la emperatriz, y es que nadie podía sospechar que Vu, la ambiciosa, la caprichosa, estaba perdidamente enamorada de un joven bonzo, sacerdote de Fo (a quien en la India llaman el Buda).

Ni toda la ciencia del gran Confucio y de Lao-Seu, el filósofo de las blancas cejas, alcanzaría a explicar la secreta razón del enamoramiento y del sufrimiento de la emperatriz. Así como se habían reclinado en los cojines de seda de su gabinete los esculturales hijos de Corea o Kaolín (la tierra cuyo barro sirvió al Espíritu para modelar al primer hombre), los indianos del Himalaya, de negros ojos de gacela y dorada piel; los siberianos, de azules pupilas, y los montañeses kirguizos, de arrogante apostura, nada más fácil para la celeste emperatriz que prender al joven bonzo Hoay y encerrarle allí, entre jardines de arbustos enanos en flor, que convidan a la molicie. Mas no era eso lo que Vu deseaba. Había visto al bonzo en ocasión de hallarse ella pescando en un estanquito peces de colores. Al tirar de la cuerda y sacar un plateado ciprino de aletas de carmín, el budista, que pasaba con los ojos bajos, había alzado la voz, exclamando severamente:

—Mujer, ¿por qué haces daño a los seres vivos e inofensivos? Si quieres saciar tu crueldad, clávame el anzuelo a mí.

Y desde aquel instante, Vu veía siempre el grave rostro, la mirada intensa, de fuego, la figura penitente del bonzo Hoay; y en memoria suya, a ningún ser viviente se hacía mal en el inmenso palacio. Vu comía frutas confitadas, legumbres cocidas, y las aves anidaban pacíficamente en el imbricado reborde de los pabellones de recreo.

Un día, ya desesperada, sintiendo que la tristeza la consumía hasta la médula de los huesos, Vu se hizo conducir al monasterio donde habitaba el bonzo y arrojándose a sus pies, sin orgullo ni alarde de poderío, le explicó su mal y le pidió el remedio:

—Yo sanaré si tú me guías; yo sanaré si tú estás a mi lado.

Hoay levantó del suelo a la emperatriz celeste, y con palabras fraternales la calmó:

—Empieza —le dijo— por elevar un templo a la Luz y otro al Cielo..., y después llámame.

Vu erigió dos templos altísimos, que agotaron su tesoro; terminadas las obras, avisó al bonzo, el cual acudió, y, armado de una antorcha, incendió los maravillosos edificios. No quedó de ellos más que ceniza. Después dijo a la consternada emperatriz:

—Ahora, mujer, eleva un templo más alto, más alto, dentro de ti, en tu corazón, al Cielo y a la Luz... y cuando esté erigido vuélveme a llamar.

Vu ignoraba cómo arreglárselas para elevar un templo dentro de su corazón; no obstante por instinto del querer —instinto infalible—, adoptó la vida distinta de la anterior: abrió las prisiones, prohibió los suplicios, rebajó los impuestos, oyó las quejas justas, dio premios a la piedad filial, amparó la agricultura, y en su palacio estableció tal moralidad, que podrían ser de vidrio las paredes. El bonzo, satisfecho, venía a visitarla todas las tardes, y cogidos de las manos, apaciblemente, conversaban sobre las cuatro virtudes sublimes y la liberación de la bienaventuranza final. Vu era dichosa como en su vida lo había sido.

Sin embargo, los veteranos generales, los eunucos directores de las fiestas, los panzudos mandarines y hasta los literatos, envidiosos de la privanza de Hoay, al ver que ya no se ordenaban suplicios, conspiraron. Y Vu, aquella emperatriz que (según el dicho del historiador padre Amiot) emprendió y ejecutó impunemente las cosas más extraordinarias y más opuestas al criterio y costumbres de la China, fue sorprendida en su pabellón y secretamente estrangulada, en castigo de haber concebido un amor diferente de otros amores, y de haber, a impulsos de ese extraño sentimiento, elevado en su corazón un templo muy alto al Cielo y a la Luz.

El Imparcial, Almanaque, 1901.

El milagro de la diosa Durga

La historia religiosa y la civil y militar se encuentran tan íntimamente enlazadas en los pueblos antiguos de la India, que ni la crítica intenta separarlas; los textos históricos se hallan en los libros sagrados; las mismas epopeyas tienen carácter teológico, y obra son de bramanes o sacerdotes. En una epopeya de las más difusas encuentro el relato del hecho sobrenatural que vais a leer, si lo leéis, y a meditar, si gustáis. De mi sé decir que me dejó buen rato pensativa.

La ciudad y estados de Kapala, florecientes bajo los reyes de la casa de Dapatamali, decayeron poco a poco de su antiguo esplendor, y en plazo relativamente corto vinieron a ser invadidos y sometidos por sus constantes enemigos los de Karmirti. Tributos onerosos, vejámenes intolerables, humillaciones continuas, las leyes y las instituciones, el comercio y la agricultura de Kapala sometidos a la fiscalización y a la avidez codiciosa del enemigo, todo esto tuvieron los kapaleños que sufrir y llevarlo en paciencia, pues al soberbio vencedor le parecía harto haberles dejado la vida salva. Es verdad que cuando aconteció a Kapala tal desventura, ya estaba muy abatida y desbaratada por culpa de la mala administración, rapacidad y desmanes de los exactores, y de infinitos vicios que se habían ido arraigando en su constitución y enfermándola, hasta producir una atonía que hizo a los kalpaleños indiferentes a su propio decaimiento y vergüenza.

Como si todas las manifestaciones del espíritu se agotasen a la vez en Kapala, cayó también en olvido la religión, y quedó abandonado el maravilloso templo de la diosa Durga, emplazado al pie de la montaña de Sindoro, que es el Olimpo javanés, residencia favorita de los inmortales. Y se necesitaba que Kapala hubiese descendido tanto para que yaciese desierta la sacra montaña, poblada de arbustos en flor, regada por ríos y manantiales de deleitosa frescura, en cuyos remansos abrían los lotos azules, blancos y rosados, sus redondas y geométricas corolas; la montaña poblada de lindas apsaras (las ninfas de la mitología indostánica) y de aves canoras y dulces, cuyos gorjeos hacen insensible el transcurso de las horas, de los años y hasta de los siglos.

En la vertiente de la montaña alzábase la mole del templo de Durga, cuyas imponentes ruinas son aún hoy asombro de arqueólogos y viajeros. Salvada la puerta, lo primero que se divisa es la efigie colosal de la diosa, de aspecto venerando. Bajos los ojos como en misterioso éxtasis, y cubierta la cabeza por la alta mitra, en cuyo centro refulge enorme esmeralda; apoyados los pies en el lomo del toro Nandi, Durga tiende sus ocho brazos, y en cada uno de ellos lleva un atributo de sus enseñanzas y doctrinas. El primero empuña la cola de un búfalo, emblema de la agricultura; el segundo, una espada, que significa el heroísmo; el tercero el vaso sagrado, símbolo de la religión; el cuarto la maza, representación del vigor y la fuerza; el quinto la Luna, imagen de la sabiduría; el sexto el escudo, que aconseja prudencia y ánimos para defenderse; el séptimo el estandarte, que es la Ley, y finalmente, el octavo agarra con brío y violencia los cabellos del muñeco Maikasur, personificación del vicio, ordenando así la diosa que no se omita el castigo de los culpables, tan necesario para ejemplo y escarmiento en las bien ordenadas repúblicas. Dentro no faltaban otras efigies de Durga, y se adoraban las de Siva y Ganesa.

Pena infundía ver el magnífico templo sin sacerdotes ni acólitos, vacío y mudo, invadido por las plantas parásitas que se agarran a la piedra y consuman su destrucción.

Aparte de las aves y de los reptiles, no quedaba dentro del santuario de Durga más ser viviente que un anciano solitario. Es verdad que valía por cien bramanes: la austeridad increíble de sus mortificaciones, que le habían desecado el cuerpo y consumido y destuetanado hasta los huesos, le tenían hecho una momia; pero tan comunicado con la esfera superior de Brama, que cuantas veces hincaba en el suelo su báculo, el seco tronco brotaba rama y flor, y que, sin sentirlo, a ratos se elevaba de tierra siete codos el penitente, con otros prodigios que despacio refiere la epopeya. La fama del santísimo Majamí, tal era su nombre, empezó a divulgarse, y llegando a oídos de tres kapaleños que no podían resignarse al triste estado presente de su nación, resolvieron peregrinar al santuario de Durga y pedir a Majamí consejo y a la diosa intervención eficaz.

Pertenecían estos tres últimos kapaleños patriotas a la casta de los chatrias o guerreros, que forma, después de los brahmanes o sacerdotes, la primer aristocracia de la India. Bien montados y llevando ofrendas para la deidad, se encaminaron a Sindoro al rayar la mañana, y salvando la odorífera selva y los lagos deliciosos, no tardaron en avistar las galerías de arcadas y las innumerables cupulillitas del vasto templo. Pasaron, sobrecogidos de religioso pavor, bajo la enorme puerta de entrada, en cuyas jambas hacen la guardia dos colosos armados de sendas porras; y dentro del patio, al pie de la estatua de la diosa, cruzado de piernas y mirándose al sitio en que debía estar el vientre —la posición en que suelen representar a los Budas—, calcinándose bajo un Sol de fuego, hecho un pedazo de yesca o un tronco que abrasó el estío, vieron al santo Majamí, tan quieto, que un pájaro se había posado en su cráneo y solo voló al ver aparecer a los tres chatrias.

—Grande y venerable asceta —dijo el que llevaba la palabra—, hemos venido a turbar tu quietud y a interrumpir las místicas meditaciones que te ponen en contacto con las esferas divinas, para rogarte que te acuerdes del daño, desastre y acabamiento de nuestras comarcas y reino de Kapala, y ejercites el formidable poderío que te otorga tu santidad para obtener de la diosa Durga, en otro tiempo tan propicia a los kapaleños, que nos restaure. Únicamente Durga puede hacer un milagro que nos saque del abismo. Concentra tu voluntad y obtén de la diosa el favor que solicitamos.

Permanecía Majamí como si fuese labrado en piedra. Los chatrias, respetando su inmovilidad, se prosternaron y adoraron a Durga, admirando los atributos de sus ocho brazos y la esmeralda que en su mitra resplandecía como una esperanza dulce. Entonces, con imponente lentitud, los blancos ojos del solitario giraron en sus órbitas; su boca quemada y negruzca se abrió solemnemente; su esternón, en que se contaban las costillas apenas sujetas por la piel, jadeó para recobrar el ritmo de la respiración olvidada; y al fin, con voz discorde y cavernosa, como el chirrido de una puerta de oxidados goznes, murmuró gravemente:

—Contemplad, ¡oh chatrias!, los atributos de la diosa. ¡Ellos os dirán cómo se hacen los milagros!

No les contentó la respuesta, e insistieron. El gran Majamí podía solicitar de Durga milagrosa intervención: ¡el poder de la diosa era tan infinito! Entonces el penitente, levantándose con trabajo, y renqueando y vacilando bajo sus canillas huesosas, registró bajo el zócalo de la estatua y sacó un pez muerto, o mejor dicho, un pez seco ya, de tonos metálicos, momificado como el propio Majamí —un pez que parecía de estaño y cobre—, y se lo tendió a los chatrias, que no pudiendo comprender el sentido de tan raro presente, sin replicar lo tomaron.

—Durga os manda alimentaros de ese pez —declaró Majamí—. Al sestear en la montaña lo asaréis... y el pez os dirá cómo se hacen los milagros.

Asaz mohínos se despidieron los tres kapaleños patriotas, comentando el regalo del pez y conviniendo en que Durga, airada o indiferente, no quería socorrer a Kapala. Con todo, a la primera parada bajo un grupo de limoneros y tamarindos, dócilmente encendieron una hoguera y arrimaron a la brasa el pez. Y, al caer sobre las ascuas, el pez empezó a hincharse, a esponjarse; sus metálicas escamas se hicieron flexibles; al cabo de pocos instantes, sus aletas se abrieron, se coloreó de rojo su abierta boca, palpitaron sus branquias, y ¡oh prodigio de Durga! el pez, de un brinco, saltó de la llama a la hierba, fresco, vivo, coleando.

—Durga nos manda imitar a ese pez —exclamó el primer chatria—. He comprendido, hermanos míos: «¡Resucitemos!»

Blanco y Negro, núm. 389, 1898.

Entre razas

Al admirar la colección de objetos de arte de mi amigo el conde de Boltaña, me llamó la atención uno que no descollaba por su mérito, pero que decía a mi alma cosas muy expresivas. Era la efigie —de talla, con ropaje dorado y estofado— de San Benito de Palermo. La negra faz del santo, su testa de cabellera lanuda, se destacaban con singular energía sobre las ricas vestiduras sacerdotales. Notando el interés con que yo miraba la estatuilla, me advirtió el conde:

—Esa escultura es de lo más flojo que hay aquí.

—Pero encarna una idea —respondí al punto—. Encarna la idea tan esencialmente democrática del catolicismo. Es la apoteosis de la igualdad humana: reprueba la división en razas superiores e inferiores que estableció el paganismo. Por eso me conmueve el santito negro, que estará ahora bañándose en la blanca luz celestial.

—Si yo le refiriese a usted —exclamó el conde— cuándo y en compañía de quién adquirí esa talla y lo que después ocurrió, tal vez pensaría usted que a fines de nuestro siglo la civilización vuelve al cauce pagano, restaurando la desigualdad basada en la fuerza material... y que pierde terreno, en los pueblos directivos, la noción del derecho.

• • •

Y como yo insistiese en conocer sin tardanza la historia de la compra del San Benito, nos sentamos en cómodos y vetustos sillones de badana cordobesa, y el conde habló así:

—Ha de saber usted que hace años, un primo mío, cónsul en Baltimore, me recomendó a cierto norteamericano que venía a recorrer las principales ciudades de España y proyectaba detenerse en Madrid cosa de un mes. Con la hospitalaria cortesía de que nos preciamos los españoles, sacrificando tiempo y dinero, me dediqué a acompañar y obsequiar al yanqui, llevándole a donde mostraba deseos de ir; a las casas de los anticuarios, y también a los cafés flamencos y teatrillos de mala muerte, con todas sus consecuencias. Para que usted se explique estas al parecer contradictorias aficiones de mi extranjero, habré de retratarle en cuatro rasgos.

Podría tener de veintiséis a treinta años de edad; era alto, anguloso, como tallado a hachazos; y el contraste de su figura consistía en aquel corpachón de boxeador y púgil terminado por una cara imberbe, rasa, de ojos incoloros y fríos, de boca femenil. Llevaba el pelo muy recortado, y al Sol su cabeza parecía bola de oro pálido; en suma, la facha de un clergyman, y desmintiendo el tipo clerical y beatífico, una fisiología poderosa. Su carácter era poco expansivo, con súbitos arrebatos de voluntarios antojos; y noté fácilmente cómo en las tiendas de antigüedades pasaba de la glacial indiferencia al violento deseo, determinado, no por la belleza de un objeto, sino por su alto precio o su rareza. «Dentro de poco —solía decir en regular castellano, al sacar la cartera atestada de billetes— tendremos 'allá' lo mejor de la vieja Europa.» Compraba lo mismo que quien roba, y sin mirar sus adquisiciones segunda vez, las encajonaba y expedía. Lo único que despertaba en él una emoción parecida al respeto eran los cachivaches de carácter nobiliario, que suelen hacernos sonreír a los españoles.

Un carcomido escudo de armas, una amarillenta ejecutoria con miniaturas, le atraían y borraban la contracción irónica de sus labios. Llamábase Ricardo Stoddard, y sospecho que poseía fábricas de harinas y pastas; pero jamás lo confesó, y pidióme por favor que le llamase siempre «don» Ricardo, en lo cual a poca costa le di gusto.

Una mañana, mientras rebuscábamos tesoros de arte, apareció ese San Benito de Palermo, cubierto de polvo y destrozadillo. «Don» Ricardo miró la efigie y pronunció con calma: «Estúpida, una religión que pone en altares a los negros.» No sé si porque me solivantó la grosería de la frase o por espíritu de contradicción, en el acto compré la escultura y mandé que la llevasen a casa del restaurador directamente. Quería desagraviar al santo de la oscura tez, y dar de paso una lección al ciudadano demócrata.

Por casualidad, estábamos de acuerdo en visitar aquella misma noche un cafetucho de no muy buena fama, cerca de los barrios bajos. Si bien me desagradaban tales excursiones, no me creí dispensado de acudir a la cita, y nos instalamos ante una mesa, pidiendo cerveza y café. Habría transcurrido un cuarto de hora, cuando vi que en la mesa próxima acababa de ocupar una silla un corpulento negrazo. Es tan poco frecuente ver negros en Madrid, que le miré con profunda sorpresa, admirando su atlética complexión, su arrogante estatura, su vigor, sus ojos brillantes y la corrección de su traje; vestía de gris, con chaleco blanco, y calzaba guantes de gamuza barquillo. Sin poder contenerme, toqué en el brazo a «don» Ricardo y le dije sonriendo:

—Buen tipo, ¿eh? ¡Qué ejemplar!

Volvióse el yanqui y posó en el negro sus pupilas descoloridas y aceradas. No recuerdo mirada así: el desprecio condensado hasta producir la frigidez del hielo y la altivez que encuentra su fórmula definitiva y triunfante se revelaron de la ojeada que siguió a mi observación. Y con voz incisiva, estridente, que azotaba, pronunció en alto:

—¡Oh! Sí. ¡Vale mil dólares!

No puedo describir el efecto que me causó aquel precio de mercado, aquella tasa de caballo o de res vacuna, arrojada a la faz de un racional, de un ser humano; pero describiré el que causó en el negro, que había oído perfectamente. Palideció poniéndose verdoso —es como palidecen ellos—: la blancura de sus ojos giró, y levantándose de un brinco de tigre, quitóse un guante y lo proyectó contra la mejilla del norteamericano. Este esquivó el choque ladeando la cabeza; sin perder su flema, asió las tenacillas del azúcar y con ellas cogió el guante, sobre la mesa caído; llamó al mozo, y ordenó chapurreando más que de costumbre:

—¡Se lleve usted pronto esta porquería!

El negro permanecía de pie, lívido, cruzado de brazos, desafiando. Por un instante temí que iba a precipitarse hacia nosotros. Su corpachón gigantesco retemblaba de coraje; sus dientes casteñeteaban de ira. Sin embargo, se contuvo, abrió los brazos, volvióse de espaldas, y yo, advirtiendo que en le café la gente, alborotada, se arremolinaba ya esperando alguna bronca, pagué el consumo y logré sacar al yanqui afuera. Al verse en la calle dijo seca y acerbadamente:

—¡Qué cosas pasan aquí! ¡Me echar el guante un esclavo!

Respondí enojado que ya no hay esclavos, y creo que saqué a relucir en mi perorata el San Benito negro y las ideas de fraternidad. Debí de predicar en desierto, porque al dejar a «don» Ricardo a la puerta de su fonda, todavía repitió, pegándome familiarmente en el hombro (me había cobrado afecto a su manera):

—¡Un esclavo! By God!

Cuando me alejaba de allí, iba asaz preocupado. Juraría que «alguien» nos había seguido a distancia, paso a paso, desde la plaza Mayor hasta la calle del Caballero de Gracia, a tales horas poco concurrida. Miré en derredor, escruté las bocacalles, pero a nadie vi. Rumiando el incidente, me retiré, y los siguientes días rehuí acompañar a «don» Ricardo. La curiosidad me movió a averiguar quién era el gigantesco negro, y supe que procedía de las Antillas, que ejercía las altas funciones de jefe de las cocheras del duque de S•••, y que por su habilidad y maestría se ganaba un pingüe sueldo.

Y ya llegamos al desenlace de esta aventura, más dramática de lo que usted supone... Una semana después del episodio del cafetucho leía yo en la peluquería un periódico, y a poco me degüella el barbero; tal respingo di al tropezar con la noticia de que en una callejuela sospechosa de los barrios bajos, no lejos del consabido cafetucho, había sido encontrado el cadáver de un extranjero, cuyas iniciales «R. S.», no me permitieron dudar de quién se trataba.

El periódico traía más detalles: la muerte había sido causada por dos cuchilladas tremendas, y en los bolsillos del muerto estaban la cartera repleta y el soberbio reloj, signo evidente de que el crimen obedecía a una venganza...

Hacer luz... era bastante difícil, como yo no cantase... Y no canté. ¡No me atreví a echar el peso de mis palabras en la balanza terrible! ¿Hice mal? ¡Mi instinto me dictaba que guardase silencio!... Y siempre que pienso en esta página de mi vida moral, para tranquilizarme, para recobrar la paz, miro esa efigie del santo de la cara oscura...

Blanco y Negro, núm. 488, 1900.

Libros a la carta

A la carta es un servicio especializado para

empresas,

librerías,

bibliotecas,

editoriales

y centros de enseñanza;

y permite confeccionar libros que, por su formato y concepción, sirven a los propósitos más específicos de estas instituciones.

Las empresas nos encargan ediciones personalizadas para marketing editorial o para regalos institucionales. Y los interesados solicitan, a título personal, ediciones antiguas, o no disponibles en el mercado; y las acompañan con notas y comentarios críticos.

Las ediciones tienen como apoyo un libro de estilo con todo tipo de referencias sobre los criterios de tratamiento tipográfico aplicados a nuestros libros que puede ser consultado en Linkgua-ediciones.com.

Linkgua edita por encargo diferentes versiones de una misma obra con distintos tratamientos ortotipográficos (actualizaciones de carácter divulgativo de un clásico, o versiones estrictamente fieles a la edición original de referencia).

Este servicio de ediciones a la carta le permitirá, si usted se dedica a la enseñanza, tener una forma de hacer pública su interpretación de un texto y, sobre una versión digitalizada «base», usted podrá introducir interpretaciones del texto fuente. Es un tópico que los profesores denuncien en clase los desmanes de una edición, o vayan comentando errores de interpretación de un texto y esta es una solución útil a esa necesidad del mundo académico.

Asimismo publicamos de manera sistemática, en un mismo catálogo, tesis doctorales y actas de congresos académicos, que son distribuidas a través de nuestra Web.

El servicio de «libros a la carta» funciona de dos formas.

1. Tenemos un fondo de libros digitalizados que usted puede personalizar en tiradas de al menos cinco ejemplares. Estas personalizaciones pueden ser de todo tipo: añadir notas de clase para uso de un grupo de estudiantes,

introducir logos corporativos para uso con fines de marketing empresarial, etc. etc.

2. Buscamos libros descatalogados de otras editoriales y los reeditamos en tiradas cortas a petición de un cliente.